女性的权利

（尼日利亚）
奇玛曼达·恩戈兹·阿迪契 著
张芸 文敏 译

人民文学出版社
PEOPLE'S LITERATURE PUBLISHING HOUSE

著作权合同登记号　图字 01-2016-6301

We Should All Be Feminists
By Chimamanda Ngozi Adichie

图书在版编目(CIP)数据

女性的权利/(尼日利)奇玛曼达·恩戈兹·阿迪契著;张芸,文敏译. —北京:人民文学出版社,2016
ISBN 978-7-02-012048-2

Ⅰ. ①女…　Ⅱ. ①奇… ②张… ③文…　Ⅲ. ①散文集-尼日利亚-现代　Ⅳ. ①I437.65

中国版本图书馆 CIP 数据核字(2016)第 234829 号

责任编辑: **朱卫净　潘爱娟**
封面设计: **汪佳诗**

出版发行　**人民文学出版社**
社　　址　**北京市朝内大街 166 号**
邮政编码　**100705**
网　　址　**http://www.rw-cn.com**

印　　制　**上海利丰雅高印刷有限公司**
经　　销　**全国新华书店等**

字　　数　**25 千字**
开　　本　**787 毫米×1092 毫米　1/32**
印　　张　**2.75**
版　　次　**2017 年 6 月北京第 1 版**
印　　次　**2019 年 7 月第 2 次印刷**

书　　号　**978-7-02-012048-2**
定　　价　**28.00 元**

如有印装质量问题,请与本社图书销售中心调换。电话:010－65233595

目录

引　言

本书是2012年12月我在TEDxEuston发表的演讲的修订版。TEDxEuston是一个一年一度聚焦非洲的大会，来自各个不同领域的演讲者发表简明的讲话，旨在刺激和启发非洲人民及非洲的朋友。几年前，我在另一场TED大会上发过言，演讲的题目是“单一故事的危险性”，谈到刻板的成见如何限制和决定我们的思维，尤其是在关于非洲的问题上。在我看来，“女权主义者”这个词、女权主义这一观念本身，同样受制于刻板的成见。当我的哥哥楚克斯和最好的朋友伊克——两人都是TEDxEuston大会的联合组织人——坚持邀我发言时，我无法拒绝。我决定讲一讲女权主义，因为我对此深有感触。我猜想这也许不是一个很受欢迎的主题，但我希望开启必要的对话。于是那晚，当我站上讲台之际，我仿佛有种在家人面前的感觉——一群亲切、专注的听众，但对我演讲的主题可能有所抵触。最终，他们的起立鼓掌给了我希望。

我们都应该是女权主义者

欧克娄玛是我儿时最要好的朋友之一。他和我住在同一条街，像个大哥哥般地照顾我：我若喜欢上一个男孩，我会征询欧克娄玛的意见。欧克娄玛风趣睿智，穿着尖头牛仔长靴。2005 年 12 月，欧克娄玛在尼日利亚南部的一次空难中丧生。至今，我仍难用语言来表达我的心情。欧克娄玛是一个我可以同他辩论、同他大笑、倾心交谈的人。他也是第一个称我是“女权主义者”的人。

那时我约莫十四岁。我们在他的家里，辩论，我们俩满脑子充斥着从书本上得来的半生不熟的知识。我不记得这次辩论具体是关于什么。但我记得，当我争论再三不肯罢休时，欧克娄玛看着我，说："你可知道，你是个女权主义者。"

那不是一句称赞。从他的语气中我听得出来——那种语气，好比一个人说："你支持恐怖主义。"

我并不明白"女权主义者"这个词的含义。我也不想让欧克娄玛知道我不明白。所以我置之不理，继续辩论。我计划回家后的第一件事是到字典里查那个词。

*

现在，快进到若干年以后。

2003 年，我创作了小说《紫木槿》，写一个男人，和其他男人一样，虐打他的妻子，故事的结局不太美好。我在尼日利亚宣传这本小说时，一名记者，一位和蔼、善意的男士，对我说，他想要给我一些建议。（尼日利亚人，如你们所知，非常急于主动地提供建议。）

他告诉我，人们说我的小说倡导女权主义，他给我的建议是——他说话时悲哀地摇着头——我千万别自称女权主义者，因为支持女权主义的女人是不快乐的，原因是她们找不到丈夫。

于是，我决定自称是一个“快乐的女权主义者”。

后来，一位学者，一位尼日利亚女士，告诉我，女权主义不是我们的文化，女权主义是反非洲的，我自称女权主义者，只因我受了西方书籍的影响。（那令我觉得发噱，因为我早期读的书，许多明显是非女权主义的：十六岁以前，米尔斯-布恩出版社的每一本言情小说我想必都读过。而每次，当我试图阅读那些标榜为“女权主义经典文本”的书时，我感到无聊，我得费劲才能读完它们。）

总之，既然女权主义是反非洲的，我决定从那刻起自称是一个“快乐的非洲女权主义者”。后来，一个亲密的朋友告诉我，自称女权主义者意味着我憎恨男人。于是我决定，从那刻起我是一个“快乐、不憎恨男人的非洲女权主义者”。在某一刻，我是一个“快乐、不憎恨男人的非洲女权主义者，喜欢涂唇彩，穿高跟鞋，为了自己而不是为了男人”。

当然，这里面有许多半开玩笑的成分，但那体现的是，“女权主义者”这个词背着多么沉重的包袱，负面的包袱：你憎恨男人，你憎恨胸罩，你憎恨非洲文化，你认为应该由女人主掌一切，你不化妆，你不剃毛，你总是愤怒，你没有一点幽默感，你不用除体味的芳香剂。

*

以下，这是我童年的一则故事。

我在尼日利亚东南部一座大学城恩苏卡[①]上小学，我的老师在开学时说，她将给全班进行一次测验，得分最高的人将担任班长。班长是个了不起的职务。身为班长，你可以每天记下吵闹者的名字，那本身即是足以令人飘飘然的权力，而且我的老师还会发给你一根藤条，你一边握在手中，一边走来走去，巡视全班，揪出吵闹的人。

① 恩苏卡（Nsukka），尼日利亚东南部阿南布拉州大学城，创建于1960年的恩苏卡大学为尼日利亚第一所国立大学。

当然，你不准实际使用那根藤条。但对九岁的我而言，那令人兴奋而神往。我十分想当班长。我在那次测验中获得了最高分。

接着，令我意外的是，我的老师说班长必须是男生。她先前忘了说明那一点；她以为那是显而易见的。一个男生在测验中获得了第二高分，因此他当了班长。

更加吊诡的是，这个男生性情温柔、和善，对手持棍子巡视全班毫无兴趣。而我却满怀壮志地想那么做。

但我是女的，他是男的，他当了班长。

我从来没有忘记这件小事。

假如我们一再重复地去做某件事，那便成了常规。假如我们一再见到相同的情况，那便见怪不怪。假如只有男生当选为班长，那么到某一时刻，我们会完全相信，即便是潜意识里，班长必须是男生。假如我们见到的永远只有男人出任公司首脑，那便开始显得“自然而然”，只有男人可以成为公司首脑。

*

我时常错误地认为，某些在我眼里显而易见的事，在别人眼里一样显而易见。以我亲密的朋友路易为例，他是一个聪颖、进步的男人。我们会聊天交谈，他会对我讲：“我不明白你说女人面临的形势不同、更难是什么意思。也许过去是这样，但今非昔比。现在方方面面对女人而言都挺好的。”我纳闷路易怎么会看不出如此不言自明的事。

我喜爱回到故乡尼日利亚，许多时候会待在

拉各斯，全国最大的城市和经济中心。有时，傍晚，高温退去，城市的步调放慢，我和朋友家人外出用餐，去饭店或咖啡馆。有一晚，路易和我与朋友相约外出。

拉各斯有一项神奇的特色服务：三三两两精力旺盛的小青年，围集在某些店家门外，殷勤万分地“帮”你泊车。拉各斯是一座大都市，有近两千万人口，比伦敦更有活力，比纽约更具进取精神，所以人们想出各种各样的谋生手段。和在大多数大城市一样，夜间找停车处很难，所以这些年轻人开创了一项营生，寻得停车位——即便有空位时——并大打手势，指引你停入你的车位，承诺会“看好”你的车，到你回来为止。那晚帮我们找到停车位的男子，动作举止格外夸张，给我留下了深刻印象。于是，在我们离开之际，我决定给他一点小费。我打开皮包，伸手进包里拿钱，我把钱递给那名男子。他——这位开心、感激的男子，从我手中接过钱，然后望向另一边的路易，说："谢谢，先生！"

路易看看我，一脸惊讶，问："他为什么感谢我？我没有给他钱。"随后我从路易的脸上看出他恍然大悟。那名男子相信，我的钱，不管如何，最终都是从路易那儿来的。因为路易是男的。

*

男人和女人不一样。我们有不一样的荷尔蒙，不一样的性器官，不一样的生理功能——女人能生小孩，男人不能。男人有更多的睾丸激素，一般说来，体力上强过女人。全世界女人比男人稍微多一点——女性在世界人口中占百分之五十二，但绝大部分有权力有声望的职位由男人占据。已故的肯尼亚诺贝尔和平奖得主旺加里·马塔伊一针见血地说过："你升得越高，同等职位的女人越少。"

在最近的美国选举中，我们不断听到莉莉·莱德贝特法[①]，假如我们跳出那个朗朗上口、压头韵的名字，实际的情况是这样的：在美国，一个男人和一个女人从事相同的工作，具有相同的条件资格，男人获得的薪酬更多，因为他是男的。

---

① 莉莉·莱德贝特法（Lilly Ledbetter Law），又称《莉莉·莱德贝特公平报酬法》，是奥巴马就任总统后签署的第一个法案，该法案的诞生源于一个具体的案件，即莉莉·莱德贝特诉固特异（Goodyear）轮胎公司案。从 1998 年 3 月开始，莉莉·莱德贝特向联邦就业机会平等委员会提出控告，但直至 2009 年 1 月其权利才享有法律保护。

所以不夸张地说，男人统治这个世界。这符合情理——换作在一千年前。因为那时的人类生活在一个最主要靠体力为生的世界里；体力更强的人更有望当首领。男人普遍体力更强。（当然有许多例外。）今天，我们生活在一个迥然不同的世界。更有资格当首领的人不是体力更强的人，是更有智慧的人，更有学识的人，更有创意的人，更有革新精神的人。这些特质与荷尔蒙无关。在智慧、革新精神、创意上，男人的几率和女人平等。我们演进了。但我们的性别观念没有演进很多。

*

前不久，我走进尼日利亚一间最豪华的酒店的大堂，入口处的警卫拦住我，问我恼人的问题——我去拜访的那个人，叫什么名字，房间号是多少？我认识这个人吗？我是否能向他出示我的房卡，证明我是酒店的住客？——因为根据习惯性的认定，单独走进酒店的尼日利亚女子必然是性工作者。因为独身一人的尼日利亚女子不可能是自己负担房费的住客。走进同一间酒店的若是男士，便不会受到盘问。在臆想中，他去那儿是有正事。（附带提一下，那些酒店为什么不专注于对性工作者的需求，反而专注于表面的供给？）

在拉各斯，我无法孤身一人走进许多颇受好评的俱乐部和酒吧。假如你是单身女子，他们就不让你入内。你必须有男士的陪伴。因此，我身边的男性友人，在抵达俱乐部时，最终挽着一个根本不认识的人走进去，因为那个他根本不认识的人，一名独自出行的女子，别无选择，唯有寻求“帮助”以便进入俱乐部。

每次，我和一名男士走进尼日利亚的餐厅时，侍应生总是招呼那位男士，而对我置之不理。侍应生是社会的产物，是社会教导他们，男人比女人更重要，我知道他们并无恶意，但从理性上认识到是一回事，在情感上感受到完全是另一回事。每次，他们对我置之不理时，我感觉像隐身人。我感到生气。我想要告诉他们，我和那位男士一样都是人，理应受到一样的招呼。这些是小事，但有时，小事最刺痛人。

前不久，我写了一篇有关身为年轻女性在拉各斯生活的文章。一位旧识告诉我，那是一篇愤怒的文章，我不该把那写得如此愤怒。但我不愧悔。那篇文章固然是愤怒的。今天，我们在实际对待性别的问题上，存在着严重的不公平。我愤怒。我们全都应该愤怒。愤怒引发积极的改变，这由来已久。但我亦充满希望，因为我深深相信人类有能力把自己改造得更好。

不过回到愤怒。我从那位旧识的语气中听出警示，我知道那番评论既是针对那篇文章，也是针对我的个性。愤怒，那种语气所传达的是，对一个女人来说尤其不好。假如你是女人，照理你不该流露愤怒，因为那凶神恶煞。我有一位女性朋友，美国人，从一位男士手中接任了管理职位。她的前任在大家眼里是一个“积极能干的强硬派”；他直言不讳，雷厉风行，对考勤表的签到格外严格。我的朋友接下她的新工作，料想自己同等强硬，但比起前任也许稍稍宽厚一点——那人从来不意识到人们有家庭，她说，而她有这个意识。新上任仅仅几周，她训导一名在考勤表上伪造签字的员工，和她前任做的一模一样。那名员工事后向最高管理层投诉她的做法。她咄咄逼人，难以共事，那名员工说。其他员工表示同意。一人说，他们本预期她会在她的工作中添上一丝“女性的风采”，可她没有。

他们谁也没有想过，她所做的，正是一个男人曾经因此得到嘉奖的事。

我的另一位朋友，也是美国人，女性，从事一份薪水很高的广告业工作。她是她团队里的两名女性之一。一次，在开会时，她说她感到她的上司轻视她，对她的意见置之不理，后来当类似的话从一位男士口中说出时她的上司却表示赞赏。她想出声，质问她的上司。可她没有。相反，会后，她去了洗手间，哭泣，然后打电话向我发泄。她不愿大胆地说出来，因为她不想表现得咄咄逼人。她强忍自己的怨愤。

触动我的——在她和我的许多其他美国女性友人身上——是她们投注了多少心力，使自己“招人喜爱”。她们从小所受的教育使她们相信，招人喜爱非常重要，这种“招人喜爱”的特点有其具体的一面。那具体的一面里不包含流露愤怒，或咄咄逼人，或过于大声地发表异议。

我们花太多时间教导女孩顾虑男孩对她们的看法。但反过来却不是如此。我们没有教导男孩要注意招人喜爱。我们花太多时间叮嘱女孩不能发怒、咄咄逼人、强硬不屈，那本已够糟，更甚的是，我们转过身，出于同样的理由或称赞或原谅男人。在世界各地，有那么多的杂志文章和书籍告诉女人该做什么，该如何表现，不该如何表现，以便吸引或取悦男人。教男人如何取悦女人的指南却少得多。

我在拉各斯教授一个写作工作坊，班上有一位学生，一个年轻女人，告诉我，一个朋友曾嘱咐她勿听我的“女权主义言论”；否则她会汲取将来破坏她婚姻的思想。这是威胁——婚姻破裂，根本不可能有婚姻——在我们的社会里，用那来警告女性的几率比用来警告男性高得多。

性别在世界的每个角落都至关紧要。今天，我想呼吁的是，我们应该开始畅想和规划一个不同的世界。一个更加公平的世界。一个男人更加快乐、女人更加快乐、大家更忠于自我的世界。而以下是需要迈出的第一步：我们必须换一种方式教养我们的女儿。我们亦必须换一种方式教养我们的儿子。

*

我们教养男孩的方式，在很大程度上，是在帮他们的倒忙。我们扼杀男孩的人性。我们把男子汉气概限定在十分狭隘的范围里。男子汉气概是一个冷酷的小牢笼，我们把男孩放在这个牢笼里面。

我们教导男孩害怕恐惧、怯懦、脆弱。我们教导他们掩饰真实的自己，因为他们必须做一个——用尼日利亚的话说——硬汉。

上中学时，一个男生和一个女生外出，他们俩都是青少年，口袋里只有微薄的零用钱。然而每次，理应买单的人总是那个男生，以证明他的男子汉气概。（我们还纳闷为什么男生更容易从父母那儿偷钱。）

假如从小教导男孩和女孩勿把男子汉气概与钱联系起来，那会怎样？假如他们的态度不是“男生必须付账”，而是“谁的钱多谁付账”，那会怎样？当然，由于历史遗留的优势，今天，会拥有更多钱的大部分是男性。可假如我们开始换一种方式教养孩子，那么五十年后，一百年后，男生不再有这样的压力，需要用物质手段证明他们的男子汉气概。

但显然，我们给男性造成的最大危害——由于使他们感觉自己必须顶天立地——是让他们的自我变得格外脆弱。一个男人感觉被迫越要顶天立地，他的自我越软弱。

而另一方面，我们给女孩的负面影响要大得多，因为我们从小教导她们投合男性脆弱的自我。

我们教育女孩收敛锋芒，把自己变得较渺小。

我们对女孩说：“你可以有雄心壮志，但不要太远大。你应该立志成功，但不要太成功，否则你会对男人构成威胁。在和一个男人的亲密关系中，假如你是赚钱养家的人，要假装你不是，尤其在公开场合，否则你会泯灭他的雄风。”

可如果我们来质疑一下这个前提本身呢？为什么一个女人的成功竟会对男人构成威胁？如果我们决定干脆摒弃那个词——我不知道是否有一个英语单词，比这更令我厌恶的——*emasculation*（泯灭雄风）。

一位尼日利亚的旧识曾经问我，我是否担心男人会怕我。

我丝毫不担心——我甚至从未想过要担心，

因为一个会被我吓到的男人，恰恰是我不会感兴趣的那种男人。

不过，这还是令我受到震动。因为我是女性，我理当向往婚姻。我理当在做人生的选择时时刻谨记婚姻是最重要的。婚姻可以是一件美好的事，是喜悦、爱和互相支持的源泉。可我们为什么教育女孩向往婚姻，却不教育男孩也同样向往呢？

我认识一位尼日利亚妇女，她决定出售她的房子，因为她不想吓到可能想和她结婚的男人。

我认识一位在尼日利亚的未婚女子，她去参加会议时，戴着结婚戒指，因为她希望她的同事——据她说——“给予她尊重”。

其中的悲哀在于，一枚结婚戒指的确能自动使她看上去值得尊重，而不戴结婚戒指会使她轻易受到无视——这一幕发生在现代职场中。

我认识背负着如此沉重压力的年轻女性——有家人，有朋友，甚至有职场上的——为了结婚，她们迫于无奈，做出艰难的选择。

我们的社会教育到了一定年纪的女性，把未婚视作严重的个人失败。而认为到了一定年纪却未婚的男性尚未完全把心思转到挑选意中人上。

说来简单，“女人可以对这一切直接说不。”但现实更加困难、更加复杂。我们都是社会的产物。我们在社会化的过程中将思想意识内化。

连我们使用的语言也说明这一点。有关婚姻的用语通常是一种占有式的语言，而不是一种伙伴式的语言。

我们用“尊敬”一词形容女人对男人流露的某种情感，但难得用以形容男人对女人流露的某种情感。

男人和女人都会说，“我这么做是为求婚姻太平。”

当男人说这句话时，通常是指某些他们本来就不应该做的事。某些他们用带着宠爱的恼怒口气对朋友所讲的事，某些最终为了向朋友证明他们的男子汉气概的事——“哦，我老婆说，我不能每晚去夜总会，所以现在，为求婚姻太平，我只在周末去。”

当女人说“我这么做是为求婚姻太平”时，通常指的是她们放弃了工作、事业追求、梦想。

我们教育女性在亲密关系中，妥协是一个女人更倾向做的事。

我们从小教导女孩，视彼此为竞争对手——不是在工作或成就上，那在我看来会是好事——

而是在吸引男人的注意这件事上。

我们教育女孩，在两性关系上她们不能表现得和男孩一样。倘若我们有的是儿子，我们无心了解他们的女朋友。可我们女儿的男朋友？但愿没有。（可我们固然期望在到了合适的时间时，她们带回家理想的结婚对象。）

我们管束女孩。我们夸奖女孩的童贞，但我们不夸奖男孩的童贞（那使我好奇，这到底应该怎么算，因为失去童贞的过程通常包含两个性别相异的人）。

最近，一名年轻女子在尼日利亚一所大学遭轮奸，许多尼日利亚年轻人，无论男女，他们的反应类似如下："的确，轮奸是不对，但一个女孩，和四个男生共处一室是在干什么？"

假如可以，让我们不去理会那番回应中可怖

的不近人情。这些尼日利亚人从小接受的教育，把女人视为生来有罪的。他们从小接受的教育中，对男人的期望之低，以致男人是缺乏自制力的野蛮人的观念，不知怎的，竟是可以接受的。

我们教育女孩要有羞耻心。并拢你的腿。不准暴露身体。我们让她们感觉，仿佛生为女性，她们已经犯下某些罪状。于是女孩长成不能说出她们有欲望的女人。她们自我缄默。她们不能说出她们真实的想法。她们把伪装变成了一门艺术。

我认识一个痛恨做家务的女人，可她装作自己喜欢，因为在她所受的教育里，那是成为“贤妻的料”，她必须——用尼日利亚的话说——居家。后来她结了婚。她丈夫的家人开始抱怨她变了。事实上，她没有变。她只是厌倦了伪装不属于她的那一面。

性别的问题在于，那规定我们应该怎样，而不是认可我们是怎样。试想，假如我们没有性别期待的担子，我们会更快乐多少，会如何更自由地活出我们真实的自己。

*

男孩和女孩不可否认存在生理上的差异，但社会化的过程夸大了这些差异，继而开启了自我应验的过程。譬如，以下厨为例。今天，女人一般来说，做家务事的可能高于男人——下厨，打扫。但为什么是那样？是因为女人生来有下厨的基因，或因为经年累月，她们在社会化的过程中把下厨视作她们的职责？我原想说，也许女人生来具有下厨的基因，直至我想到，全世界大部分知名的厨师——他们被冠以“大厨”的响亮头衔——是男人。

我曾望着我的祖母，一位聪颖杰出的女性，好奇假如她年轻时享有和男人同样的机会，她会有什么作为。今天，女人能有的机会比我祖母的时代多了，由于政策和法律的改变，那非常重要。

但更加至关重要的是我们的态度，我们的思维模式。

如果，在养育孩子上，我们专注于能力而非性别将会怎么样？如果我们专注于兴趣而非性别将会怎么样？

*

我认识一户人家，他们有一个儿子和一个女儿，年龄相差一岁，在学校都表现优异。当那个男孩肚子饿时，父母对女孩说：“去，给你哥哥煮点方便面。”那个女孩不喜欢煮方便面，可她是女孩，她非做不可。假如父母，从一开始，教两个孩子都学会煮方便面将会怎样？再说了，下厨是一项男生该掌握的有益实用的生活技能。我向来认为，把如此关键的一件事——给自己提供养分的能力——交于他人之手是没多大道理的。

我认识一个女人，她和她的丈夫拥有同等学位，从事同样的工作。他们下班回家后，女人干绝大部分家务，在许多婚姻里都是如此，可令我震惊的是，每当丈夫给婴儿更换尿布时，她都向他说“谢谢”。如果在她眼里，丈夫应该帮助照顾他的孩子是一件正常自然的事，那将会怎样？

*

我正在试图抛弃以前成长过程中内化的许多

和性别有关的训诫。可我有时在面对性别期待时依旧感到无力招架。

第一次在研究生院教授写作课时，我忧心忡忡。忧心的不是教学素材，因为我准备充分，我所教的是我喜爱的东西。而我担忧的是该穿什么。我希望受到人们的正视。

我明白，因为我是女人，我下意识地不得不去证明我的价值。我担心，假如我看上去过于柔媚，人们不会正视我。我其实很想涂上闪亮的唇彩，穿上富有女人味的半身裙，可我决定不这样。我穿了一套非常严肃、非常男性化、非常丑的西服。

这件事悲哀的真相在于，谈到外表，我们首先以男人为标准、为范本。我们中许多人认为女人外表越不柔媚，她受正视的可能性越高。男人出席业务会议，心里没有疑虑，要靠着装赢得人们的正视——但女人有。

我后悔那天穿了那套丑陋的西服。倘若当时的我有我现在的自信，做自己，我的学生本会从我的教学中受益更多。因为我本可以更坦然、更完整而真实地展现自己。

我决心不再为我柔媚的一面而惭愧。我希望我身上的各种女性特质都受到尊重。因为那是我应得的。我喜欢政治和历史，最愉快的时刻是围绕思想观念展开良性的辩论。我有一颗少女的心。我有一颗快乐的少女的心。我喜欢高跟鞋，喜欢试用唇膏。能既得到男人也得到女人的褒奖是一件美事（虽然我必须老实承认，我更中意听到时髦女郎的褒奖），但我时常身穿男人不喜欢或不“理解”的衣服。我穿那些衣服，因为我喜欢，因为我觉得穿着它们令我感觉良好。“男人的目光”，作为影响我人生选择的因素，大半是次要附带的。

*

性别不是一个容易谈论的话题。那使人不自在，有时甚至让他们恼怒。男人和女人都抵触讨论性别，或急于摒弃性别问题。因为想到改变现状总是教人难安。

有些人问，“为什么要用‘女权主义者’一词？为什么不直接说你主张人权，或类似那样的话？”因为那将具有欺骗性。女权主义，当然，是广义上人权的一部分——但选择使用“人权”这个含糊的表述，等于否认性别问题的特殊性和具体性。那将用以佯装，千百年来，受到排斥的不是女人。那将用以否认，性别问题针对的是女性。事实上，那个问题关系的不是全体人类，而是特定地关系到作为女性的人。千百年来，世界把人类分成两个群体，进而排斥和压迫一个群体。要解决问题，必须承认那一点，这才合理公道。

有些男人感觉受到女权主义观念的威胁。在我看来，这源自男孩从小所受的教育所触发的不安全感；男人，假如他们不能“自然地”居于主掌地位，他们的自我价值感就会减弱。

*

其他男人可能会回应说，“好吧，这是令人感兴趣的问题，但我不那么认为。我甚至不考虑性别。”

也许不。

而那即是问题的一部分。许多男人不主动考

虑性别或留意到性别。许多男人说，和我的朋友路易说法一样，以前情况可能很糟，但现在一切都好了。以及，许多男人不付诸行动改变现状。身为男人，你走进一家餐厅，侍应生只向你打招呼，你是否想过要问问侍应生：“你为什么不向那位女士打招呼？”在各种这样公开的小事中，男人需要发声。

因为性别可能令人不安，所以有很容易的方式中止讨论这个话题。

有些人会搬出进化生物学和类人猿，母猿屈从于公猿——类似那样的例子。可问题在于：我们不是类人猿。类人猿还生活在丛林中，吃的是蚯蚓。我们不是。

有些人会说：“哎呀，贫穷的男人活得也很辛苦。”的确如此。

但那不是这一讨论的主旨。性别和阶级不同。贫穷的男人依旧享有身为男人的特权，即便他们不享有身为富人的特权。在和黑人男性的交谈中，我对压抑体系有了深入的了解，并发现，这些体系会相互蒙蔽。有一次，我在谈论性别时，一位男士对我说："你为什么非要标榜自己是女人不可？你为什么不标榜自己是一个人？"这一类的提问，企图钳制一个人特定的经历。当然，我是一个人，可在这个世上，某些特定的事情发生在我身上，原因在于我是一个女人。附带提一句，正是这位男士，他时常谈起自己身为黑人的经历。（对此，我本该如此反驳，"为什么不把你的经历说成是一个男人或一个人的？为什么说成是黑人的经历？"）

所以，不，这个讨论关系的是性别。有些人会说："哦，可真正的权力在女人手中：下半身的权力。”（这是尼日利亚人的一个说法，指女人利用性从男人那儿得到东西。）可下半身的权力根本不是权力，因为拥有下半身权力的女人实际并不掌权；她只是有一条好途径，利用另一人的权力。再者，假如那个男人的心情不佳、生病、或暂时性无能，事情会怎样？

有些人会说，一个女人从属于男人，因为这是我们的文化。但文化是处于不断变化中的。我有一对美丽的双胞胎侄女，她们十五岁。假如她们生在一百年前，她们会被带走并被杀害。因为一百年前，伊博族[①]的文化把双胞胎的降世视为一种恶兆。今天，那一习俗对所有伊博人而言是不可想象的。

---

① 伊博族（Igbo），是西非主要黑人种族之一，主要分布于尼日利亚东南地区，主要信仰天主教，也有少部分信仰犹太教。曾是尼日利亚最大的种族，但在比夫拉战争中人口损失惨重。

文化的意义是什么？文化的终极功能是确保维持和延续一个民族。在我的家族里，我是对我们是谁的故事、对祖先的土地、对我们的传统最感兴趣的晚辈。我的几个兄弟不像我那么感兴趣。但我无法参与其中，因为伊博族的文化给予男人以特权，大家族里只有男性成员可以参加决定家族重大事务的会议。所以，虽然我是对这些事情最感兴趣的那个，但我不能参加会议。我不能有正式的发言权。因为我是女人。

文化不创造人。人创造文化。倘若确实，赋予女人完整的人性不是我们的文化，那么我们能够并且必须使那成为我们的文化。

*

我常常怀念我的朋友欧克娄玛。愿他和其余

在索索利索那场空难中离世的人长眠安息。他将永远留在我们这些爱他的人的记忆里。他是对的，许多年前的那一天，他说我是女权主义者。我是一个女权主义者。

回到那许多年前，当时，我在字典里查这个词，释义是：女权主义者，一个主张男女在社会、政治和经济上平等的人。

我的曾祖母，据我听到的故事，是一位女权主义者。她从她不想嫁的男人家中逃出来，嫁给了自己的意中人。每当她感到因为她是女人而被剥夺了土地和使用权时，她拒绝服从、抗议、大胆说出自己的想法。她不认识“女权主义者”那个词。但这不表示她不是其中一位。我们中应该有更多人重新启用那个词。我认识的最优秀的女权主义者是我的弟弟科尼，他亦是一个善良、英俊、很有男子汉气概的小伙子。我本人对女权主义者的定义是，无论男女，一个说出“是的，性别问题在今天依旧一样存在，我们必须把那修正，我们必须做得更好”的人。

我们每一个人，无论男女，都必须做得更好。

婚　事

我的新婚丈夫从出租车里提出箱子，在前面带路，沿着甬道朝那幢褐砂石建筑走去，走过一段鹅卵石台阶，走进空气混浊的门厅（门厅里的地毯都卷了边），在房号为2B的那扇门前停下了。门上微黄色的金属房号牌钉得不太平整。

“我们到了。”他说。他对我说起我们的家，是用“房子”这个词。我曾设想那儿有一条平整的车道蜿蜒而入，两边是黄瓜色的草坪，进门是门厅，墙上挂着庄重的油画。就像尼日利亚电视里周末晚上播放的美国新婚家庭居住的那种房子。

他拧亮起居室的灯，起居室中间的长沙发摆得有些歪斜，好像是随意扔在那个地方似的。屋子里很热，空气里有一股浓重的霉臭味。

“我带你四处看看。”他说。

小卧室的角落里放着一张光秃秃的垫子。大卧室里有一张床，一个梳妆台，电话机搁在铺了地毯的地板上。两间卧室都显得仄逼，好像四面墙壁彼此都感到别扭，真有些狭路相逢的意思。

“现在你来了，我们就可以多置些家具了。我一个人的时候不需要太多家具。”他说。

“好的。”我说。我觉得有些头晕。从拉各斯到纽约，十个小时的飞行，再加上在美国海关开箱查验前没完没了的等候，搞得我脑袋晕晕乎乎，像是塞满了棉花。那个海关人员翻检着我那些食品，像是见了蜘蛛似的，她戴着手套的指头捏着装在防水袋里的葫芦籽、苦树叶和非洲胡椒籽，最后她把那包非洲胡椒籽拽了出去。她怕我会在美国的土地上栽种这玩意儿。这些种子虽经太阳暴晒了几个星期就像自行车头盔那般坚硬，可仍能生根发芽。

“我累了。”我说着把手提包撂在卧室地上。

“是啊，我也累了，”他说，“我们应该上床休息了。”

床单很柔软，我的身子紧紧蜷成一团，就像伊柯叔叔生气时攥紧的拳头，希望我不需要尽妻子的本分。当我听到新婚丈夫有规律的鼾声响起，身体放松了片刻。他胸膛里发出深沉的隆隆声，接着响起一声高音，就像一声淫荡的口哨。他们在安排你的婚姻时根本没有警告过这类事情，没有提到这恼人的鼾声，也没有提到这些无法放置家具的房间。

我的新婚丈夫把他沉重的身子压到了我身上，这时我被弄醒了。他的胸部几乎碾平了我的胸脯。

“早上好。”我说着睁开睡意朦胧的眼睛。他咕噜着，那声音也许是对我问候早安的回答，也许是他行事的习惯套路的什么招数。他抬起身，使劲拽我卷到腰上的睡袍。

“等等——”我说，自己把睡袍脱了下来，这样或许就显得不那么匆忙。但他把嘴唇贴到了我的嘴上。他们安排我的婚姻时还忘了提起一件事——隔夜的嘴巴冷冰冰潮腻腻的，就像嚼过头的口香糖，那气味闻上去有如奥吉贝特市场的垃圾筒。他身子一动起来，呼吸变得急促了，好像他的鼻孔太小不够空气流通似的。他最后完事时，整个身体的重量都压在了我身上，甚至包括那两条腿。我一动不动，直到他翻身下床，走进浴室。我套上了睡袍，那长度刚好盖过屁股。

“早上好，宝贝儿。”他回到房间时说。他把电话机递给我。“我们得给你的叔叔婶婶打个电话，告诉他们我们平安到达了。只能说几分钟，电话打到尼日利亚差不多是一分钟一美元。拨011，再拨234，然后拨他们家的号码。”

“这就行了？”

“是啊，先拨国际代号，再拨尼日利亚的号码。”

“噢。”我说着拨了十四位号码。我的两腿之间又粘又痒。

电话线里传出静电噼啪作响的声音，那声音

穿越大西洋而去。我知道伊柯叔叔和阿巴婶婶会用温和的声音和我说话，他们会问我吃了什么，美国天气如何。可我的任何回答都不会让他们记在心里，他们问你什么只不过是问问你。伊柯叔叔也许会对着电话微笑，当他告诉我给我找到一个完美的丈夫时，当“超级鹰”[①]在亚特兰大奥运会上赢得足球比赛金牌时，他脸上也浮现出那样的微笑。

“美国的医生哩，”他笑容满面地这样说，“还能找到比这更好的吗？奥福迪尔的母亲正在为他物色妻子，她很担心他会找个美国人。他已经离家十一年了。我把你的照片给了她，却一时没有得到回音，我还以为他们找了别的人家了。

① 超级鹰（Super Eagles），这里指尼日利亚足球国奥队，他们在 1996 年获得亚特兰大奥运会冠军。

可是……”伊柯叔叔把自己的嗓音一点点压下去，让脸上的笑容一点点绽放开来。

“好的，叔叔。”

“他会在六月初回家，”阿巴婶婶说，“你们结婚前会有许多时间去了解对方。”

“是的，婶婶。”许多时间是两个星期。

“我们还有什么没为你做到呢？我们把你当自己的孩子一样抚养成人，现在，我们又为你找了个好丈夫！一个美国的医生！这好比我为你中了一个大奖！”阿巴婶婶说。她的下颏上有几根稀疏的毛发，她说话时就扯着其中的一根。

我为所有的事情感谢他们——为我找到一个丈夫，把我带进他们家里，每两年为我买一双新鞋。这是我唯一能够避免被说成是“不知好歹，忘恩负义”的办法。我不能提醒他们的是，我为了上大学不得不一次又一次参加联合招生委员会的考试，在我读中学期间，我在阿巴婶婶的面包店里卖出的面包，比恩努古所有其他的面包店都要多，而家里的家具和地板擦得锃亮，也完全是因为我。

“打通了吗？”我的新婚丈夫问。

“占线。”我说。我把目光挪开去，以免他看见我脸上释然的表情。

“是忙音。美国人都叫忙音，不是占线，”他说，“过会儿再打。我们吃早饭吧。”

他从一个浅黄色袋子里拿出薄煎饼来解冻。我留神看他在白色的微波炉上揿了哪个按钮，用心记下这一切。

“烧一些开水泡茶。”他说。

“需要加奶粉吗？”我问，一边把茶壶拿到

水槽上。水槽两边积着棕褐色的污垢，好像剥落的棕色油漆。

“美国人喝茶不加奶和糖。”

“是这样吗？那你喝茶也不加奶和糖？”

“不加，我早已经习惯这一套了，你也会习惯的，宝贝儿。”

我在自己那块软塌塌的薄煎饼前边坐下——比家里的那种有嚼头的饼薄多了——寡淡无味的茶也让人难以下咽。门铃响了，他站起来。他走路时两只手会甩到后背上，我之前没注意到过，我根本没时间去注意这些。

“我昨天晚上听到你们回来了。”门口说话的声音是个美国人，语速很快，彼此聊上了。叽里咕噜，叽里咕噜，伊菲姨妈会这样说，快，就是快。“等你回家探亲时，你说话就会叽里咕噜地像个美国人了。”她这么说。

“嗨，谢莉。谢谢你帮我保管邮件。”他说。

“没事儿。你的婚礼怎样？你太太在吗？”

“在，进来打个招呼吧。”

一个铁灰色头发的女人走进了起居室。她身上穿着粉红色长袍，腰间的束带打了一个结。从她脸上的皱纹来看，年龄大概在六十到八十岁之间，可我见过的白人不多，所以猜不准人家的岁数。

“我叫谢莉，住在3A室。很高兴见到你。”她说着和我握了握手。她鼻子里发出像是伤风感冒的声音。

“欢迎你来。”我说。

谢莉停顿了一下，好像有点诧异。“噢，我得让你们继续用早餐，”她说，“等你们安顿好以后，我再下来看你们。”

谢莉很快就出去了。我的新婚丈夫去关上门。餐桌的一条腿有点短，桌子搁不平，像跷跷板，他靠在桌上说：“你应该说‘嗨’，而不是‘欢迎你来。’”

“她好像不是我同辈的人。”

“这儿不讲究这个。所有的人打招呼都是‘嗨’。”

“知道了。”

“顺便说一声，我在这里不叫奥福迪尔。我叫戴夫。”他说，一边低下目光看着谢莉交给他的一叠信。好几封信的信封地址栏上都写了几行字，好像寄信人封好信后才想起要加几句什么话。

“戴夫？”我知道他没有英语名字。我们的

婚礼请柬上标明是：奥福迪尔·埃美卡·乌丹瓦和奇娜查·阿加莎·奥卡福。

“我在这儿的姓氏也和尼日利亚的不一样。美国人要记住乌丹瓦很难，所以我改了。”

“叫什么？”几个星期前，我还在努力适应乌丹瓦这个姓氏。

“叫贝尔。”

“贝尔！”我曾听说有叫华图卢查的到美国后改成了华图卢，叫奇克卢果的改成了对美国人来说更具亲和力的奇克尔，可是怎么把乌丹瓦改成了贝尔？“这个姓氏跟乌丹瓦根本就沾不上边啊。”我说。

他站起来。“你不理解在这个国家里是怎么做事的。如果你想尽可能跻身主流社会，你就得这么做。如果你不想，你就会被边缘化。你在这里必须用一个英文名字。”

“我从来没有用过英文名字，我的英文名字只是写在出生证明上的几个单词。我有生以来只叫奇娜查·奥卡福。”

“你会慢慢习惯的，宝贝儿，”他说着伸手抚摸着我的脸颊，“你会明白的。”

第二天，他为我填写了社会保险申请表，在姓名一栏里，他填上了阿加莎·贝尔。

我们这个社区叫弗莱布斯，这是我新婚丈夫带着我汗渍渍地走在闷热嘈杂的街上告诉我的，那条街上的气息闻着有一股冻鱼味儿，像是在冰箱里搁得太久的冻鱼。他要教会我如何采购日用品，如何乘坐公交车。

“朝着四周看，不要总是低垂着眼睛。朝四

周看。你很快就会习惯这样。”他说。

我让脑袋左一下右一下地转动着，以向他表明我是遵照他的指教在做了。餐馆阴暗的窗子上用印刷体歪歪扭扭地写着地中海与美国绝佳美味，街对面有一家洗车店，“三块五洗一次”的广告用粉笔写在靠在一堆可乐罐和纸屑的黑板上。人行道边上到处是豁口，活像是让老鼠啃过似的。

在装有空调的公交车里，他告诉我往哪儿投币，怎样按车壁上的按钮表明自己到站了。

“这里不像尼日利亚，你可以冲着售票员大喊大叫。”他用嘲讽的口吻说，好像他生来就是优越的美国人。

在 Key Food① 店里，我们从一条通道慢慢走

① Key Food，美国的一种加盟连锁性质的食品超市。

到另一条通道。我留意着他把一块包装牛排放进购物车。我真想能摸一下那块肉，看看肉的颜色，就像我以前常在奥格贝特市场做的那样，在那儿，屠夫甩给你一块新宰切的肉，嗡嗡的苍蝇便围了上来。

“我们能不能买这种饼干？”我问。那种蓝色包装的伯顿多料茶饼干看上去有些眼熟，我不是想吃饼干，只是想往购物车里搁进一些熟悉的东西。

“这叫寇克饼，美国人把饼干叫做寇克饼。”他说。

我伸手拿了那包饼干（寇克饼）。

“这是商店自营品牌，比较便宜，东西其实是一样的。”他指着另一种白色包装饼干说。

“好吧。”我说。我不想要饼干了，但我还是把商店自营品牌饼干放进了购物车，一边盯着架上蓝色包装的饼干看，那上面是绘有谷物图案的熟悉的伯顿商标，一直看到我们离开这条通道。

“等我当上了主治医生，我们就可以不必买商店自营品牌的东西了，但是现在，我们还得节俭点，这些七七八八的东西看上去便宜，但加起来花钱也不少。”他说。

“你什么时候可以升任坐诊医生？”

“这里叫主治医生，是内科主治大夫。”

婚姻的安排人只告诉你医生在美国是挣大钱的行当。他们没有进一步说明，在当上挣大钱的正式医生之前，他们还得经历实习医生和住院医生阶段，而你的新婚丈夫还没有完成这个过程。我的新婚丈夫曾在飞机上向我解释过这事儿，当时我们刚从拉各斯起飞，他趁着还没有睡过去对我说了这番话。

“实习医生年薪是二万八千美元，但一周要工作八十小时，就是一小时三美元。”他说，“你能相信吗？一小时三美元。”

我不知道一小时三美元的工资是高还是低了——我倾向于认为这收入相当不错——直到他告诉我说，一个高中生的兼职打工都比这挣得多，我才明白这是怎么回事。

“等我当上主治医生后，我们就不必再住这种地方了。”我的新婚丈夫说。他停下来把购物车退后一步，让一个购物车上有孩子的女人过去。“你看见那些购物车过不去的路障了吗？高档社区的超市里是没有这玩意儿的。你能把购物车一直推到自己的汽车旁边。”

“噢。”我应道。不过，能不能把购物车推到自己车旁有那么重要吗？重要的是，这些是好用的购物车。

“瞧，店里的那些人，他们都是从国外来的，他们在这儿的行为举止，还跟以前在自己国内一样。”他朝那个带着两个孩子的女人作了个无可奈何的手势，那女人说的是西班牙语。“除非你在美国改变自己，否则永远都不会有前途。他们命中注定只能超市打工。”

我含含糊糊地咕哝一声，表示我在听他说话。我想起恩努古的露天市场，你走进他们那种镀锌铁皮的小棚子，摊贩们嘴巴都甜极了，他们一天到晚都在跟人讨价还价，多加一分钱都是好的。如果有塑料袋，他们把你购买的东西用塑料袋包好，如果没有塑料袋了，他们会笑着给你裹上一张旧报纸。

我的新婚丈夫带我去购物中心，他要趁星期一上班之前尽可能多教我一些事情。他的汽车行驶中会发出卡啦卡啦的声音，好像里面许多部件都松动了——那动静很像在摇晃一个装满铁钉的罐子。车子在红绿灯前停下后，他把车钥匙转了好几次才算把车子重新发动起来。

“等当上了主治医生，我得买一辆新车。”他说。

购物中心的步行街上，闪闪发亮的地面光滑得像是冰块，天穹上微微泛动着缥缈的灯光。我感到好像走进了另一个世界，另一个星球。人们推搡着我们，连黑人都这样，他们的脸上都带着一种古怪的、有如外星人的表情。

“我们得先买披萨，”他说，“这是你到美国以后必须要喜欢的一样东西。”

我们朝披萨店走去，走向一个戴着鼻环和白色高帽子的男人。

“两份意式香肠和两份腊肠的。你们这儿有组合套餐优惠吗？”我的新婚丈夫问。他跟美国人说话时，发音不一样了：“r”总是过度发音，而“t”总是发音不足。而且，他总是笑容满面，那是想要讨人喜欢的热切的笑容。

我们走进一处他称做“食廊”的地儿，坐在小圆桌旁享用披萨。一大群人围坐在圆桌旁，都把脑袋埋在盛有食物的油渍渍的纸盒里。在这样的地方吃东西，伊柯叔叔会觉得很可怕，他是一个有身份的人，他甚至都不在婚礼上吃东西，除非给他提供一个隐秘之处让他独自用餐。大庭广众之下吃东西是很丢脸的事，是有失尊严的，而这个露天场所到处是桌子，到处是食物。

“你喜欢披萨吗？”我的新婚丈夫问。他的纸盒里已经空了。

“西红柿没煮熟啊。”

“我们国内人家煮东西都煮过头了，这样就会失去所有的营养。美国人煮东西的方法是对的。瞧他们一个个看上去多健康？”

我点点头，朝四周看看。旁边一张桌上，一个带孩子的黑人妇女朝我咧开大嘴露出笑脸。我也朝她微笑一下，又回头对付剩下的披萨，我得把胃里的东西压下去，以免呕出来。

接下来我们去了梅西百货。我的新婚丈夫领路走向一道慢慢挪动的阶梯，那玩意儿稳稳当当地移动着，可我知道自己一踏上去没准会跌跤。

“恕我直言[1]，他们难道就不会装个升降机吗？”我问。在国内时，在当地的政府办公楼里，至少我还坐过一回嘎吱作响的升降机，虽说那玩意儿门打开之前还晃晃悠悠的。

“说英语。你后面有人呢。”他悄声说着，把我拽向旁边珠宝闪耀的玻璃柜台。“这叫电梯，不是升降机。美国人叫电梯。”

“噢。”

他领着我走进升降机（电梯），我们来到一个看上去满满当当的大卖场，里边尽是一排排衣服，他给我买了一件外套，那颜色就像眼下的天色一样阴沉，看着很蓬松，就像塞了许多泡沫材料。这衣服如此宽大，差不多能裹住我两个人。

“冬天快到了，”他说，“这里气候冷得像是

---

① 此处原文是伊博语，biko（恕我直言）。

冰箱里一样，所以你需要一件保暖衣服。”

“谢谢你。”

“打折甩卖时买东西最划算。有时赶上大甩卖，你买到的东西要比平时便宜一半。这也是美国奇观之一。”

“Ezi okwu？”我说完马上用英语跟上，“真的吗？”

“我们在购物中心里逛一圈吧。还有其他一些美国好东西可看。”

我们走着，浏览那些卖衣服、卖工具、卖碟、卖书和卖电话机的店铺，一直走得我脚底作痛。

我们离开前，他带我去了麦当劳，这家店位于购物中心后面不远的地方，黄红两色的“M”招牌奇大无比，就像停在进口处的一辆汽车。

我丈夫不用看悬在上方的菜单就点了两份二号套餐。

“我们可以回家吃，我来做饭。”我说。阿巴婶婶曾对我说过：“别让你丈夫经常在外面吃饭，那会把他推到会做菜的女人怀里。你得看紧丈夫，就像看紧珍珠鸡的蛋。”

“我喜欢过段时间出来尝尝这个。”他说。他用两只手抓起汉堡专注地大嚼起来，那副皱着眉头、绷紧下巴的样子，让我觉得更陌生了。

因为上回是在外面用餐，所以星期一我做了椰子米饭。我还想做一碗胡椒汤，阿巴婶婶说过这是能够柔化男人心的食物。可我要做汤的佐料被海关没收了，只能做成没有胡椒的胡椒汤。我在街上牙买加人开的店里买了椰子，由于没有粗齿木锉，只好用一个小时把它切成碎末，然后把切成碎末的椰子用热水浸出汁液。我刚做完饭，他就回家了。他穿着一件像是制服似的蓝上衣，看上去像女孩子的款式，他把上衣系进腰部紧束的蓝裤子里。

“欢迎回家[①],”我说，“你工作顺利吗？”

“你在家里也得说英语，宝贝儿。这样你才能习惯说英语。”他的嘴唇在我脸颊上刷了一下，这时门铃响了。是谢莉，身上裹着那件上次见过的粉红袍子。她甩动着腰间的束带。

“气味好大,”她用像是带着浓痰的嗓音说，“到处都是这味儿，整个楼里都是。你在煮什么？”

“椰子饭。”我说。

---

① 此处原文是伊博语，nno（欢迎）。

“是你们家乡的饭菜？”

“是啊。”

“闻上去真不错。问题是我们这里没有这套习惯，完全没有这套习惯。”她转向我新婚丈夫，好像希望他认同自己的意见，可他只是笑笑。“你来看一下我的空调好吗，戴夫？”她说，“又出毛病了，可今儿实在太热了。”

“好的。”我的新婚丈夫说。

他们离开前，谢莉朝我摆摆手说：“这味儿很不错。”弄得我真想邀请她来尝尝自己的厨艺。我的新婚丈夫半小时后回来了，吃了我摆在他面前的喷香的米饭，甚至还咂巴着嘴唇，就像伊柯叔叔有时对阿巴婶婶为取悦他而做的好饭菜表示满意那样。可是第二天，他回家时带回来一本《贤内助：全美烹饪大全》，厚得就像一本《圣经》。

“我不想让人家觉得我们家里总是一股外国饭菜味儿。”他说。

我接过烹饪书，手指抚摸着封面，那上面的图片看上去像花朵，其实大概也是食物。

“我知道你很快就能学会做美国饭菜。”他说，轻轻把我拉近他身边。这天晚上，我想着烹饪书的时候，他压在我的身上，咕噜着，喘息着。他们在给我安排婚姻时也没跟我说过这档子事——怎样在油里将牛肉煎成深褐色，怎样用面粉沾裹去皮的鸡块。我以前做牛肉都用牛肉本身的汤汁。我以前做鸡肉不会采用去皮的方式。接下来的几天里，我很高兴我丈夫早晨六点就去上班，晚上八点才回家，这样我就有时间把那些面粉没裹好的湿腻腻的鸡块扔掉，重新再做。

我第一次见到住在2D的尼娅时，还以为她是像我阿巴婶婶不喜欢的那种女人。阿巴婶婶大概会觉得尼娅是个“Ashawo”，一个妓女，因为她的上衣是透明的，能让人看见她那不得体的胸罩。阿巴婶婶也许还会以尼娅的口红来判定她的妓女身份，那是一种闪闪发光的橘色，还有她的眼影——跟口红是一个颜色——那眼影涂抹在她厚厚的眼皮上。

“嗨，”我下楼去邮箱取邮件时，她跟我打了个招呼，“你是戴夫的新婚太太。我一直想过来跟你认识一下。我叫尼娅。”

“谢谢。我叫奇娜扎……阿加莎。”

尼娅仔细地看着我。“你前边的名字是什么意思？”

“那是我在尼日利亚的名字。”

“是伊博人的名字，是么？”她的发音中“伊博”念成了“艾波”。

“是的。”

“是什么意思？”

“上帝回应祈祷。”

“很好的名字。你知道，尼娅是斯瓦希里语的名字。是我十八岁时改的。我在坦桑尼亚待了三年。那地方他妈的真是太好玩了。”

“噢。”我说着摇摇头，她，一个美国黑人，选择了一个非洲名字，而我的丈夫却让我改成英语名字。

“老在屋子里待着你会闷坏的，我知道戴夫下班回家很晚，”她说，“来和我一起喝杯可乐吧。”

我还犹豫着，但尼娅已经朝楼梯走去了。我

跟在她后面。她的起居室简洁而雅致：一个红色的沙发，一株纤细的长着斑点的植物，墙上挂着一个很大的木制面具。她把倒在长玻璃杯里的加冰健怡可乐递给我，问我在美国适应得怎么样，主动提出要陪我去布鲁克林玩。

“不过得在星期一吧，”她说，“星期一我不上班。”

“你是做什么的？”

“我开了一家美发店。”

“你的头发很漂亮。”我说。她摸了摸头发说：“噢，是吗。”好像她从来没想过这回事。其实并不是她的头发漂亮，而是她头上那种蓬松的埃弗罗发式[①]让我觉得很美，我还觉得她那有如

① 埃弗罗发式（Afro），一种呈圆形的蓬松鬈发，来自非洲黑人的自然发式。

花生荚似的肤色、那神秘而厚重的眼影、那曲线分明的臀部，也都很漂亮。她的音乐播放器的声音太响了，我们说话时不得不抬高嗓门。

“你知道吗，我姐姐是梅西百货的一个经理，”她说，“他们正在招聘整个楼层的女性用品部的营销人员，如果你有兴趣，我可以推荐一下，你肯定会被雇用的。她还欠我一个人情。”

我的意识中有什么东西突然蹿动了一下，这是一个突然而来的新想法，就是挣我自己的钱。我自己的。

“我现在还没有拿到工作许可。”我说。

“戴夫为你申请了吗？”

“申请了。”

“那很快就会搞定的，起码在冬天之前你就能拿到工作许可了。我有个从海地来的朋友也是刚刚拿到。等你这边的事弄好了，就跟我说一声。”

“谢谢你，”我真想抱一下尼娅，“谢谢你。”

那天晚上，我把尼娅说的事儿告诉了我的新婚丈夫。他由于工作时间太长，累得眼睛都凹陷了，他问：“尼娅？”好像不知道我说的是谁。不过他马上说：“她还行，可你得小心，因为她没准会给你带来坏影响。”

现在开始，尼娅下班后就来我这里转转，喝着她自己买的健怡可乐，看着我做饭做菜。我把空调关掉打开窗子，热气一下子扑了进来，因为她想抽烟。她聊起来她美发沙龙的女人和男人。她每天的聊天中都时不时会带出一些“阴蒂”这类名词，或是“操”这样的动词。我喜欢听她说话。我喜欢看她微笑时拉开完美的嘴角，露出整整齐齐的牙齿。她总是在我丈夫到家前离开。

冬天朝我悄然袭来。一天早上，我走出公寓楼时不禁喘不过气来，好像上帝把撕碎了的白色纸片洒向了人间。我站在那儿凝视着生平第一次见到的雪，看着雪花飞旋，看了很长很长时间才回房间。我把厨房地板又擦了一遍，还剪了一些从邮箱里拿来的Key Food的优惠券，然后就坐在窗前，望着上帝洒落的纸片越来越多，越来越疯狂。冬天来了，而我仍然没得到工作。晚上我丈夫回家时，我把炸薯条和炸鸡块搁到他面前，说："我还以为我现在已经有工作许可了。"

他吃了几条油炸土豆条才回答我。我们现在只用英语说话，他不知道我在做饭时，自言自语说的还是伊博语，我还教了尼娅用伊博语说"我饿了”，“明天见”。

“我以前娶的那个美国女人借着绿卡的事情在给我找麻烦。”他说着慢条斯理地将鸡块撕成两半。他的眼睛下方有了眼袋。“我在尼日利亚娶你的时候，我们的离婚手续还没有完全办妥。只是一些小事情，可她揪住不放，现在她威胁我要向移民局去告我。她想要更多的钱。”

“你以前结过婚？”我的手指绞到了一起，因为它们开始颤抖起来。

“你可以把那个递给我吗？”他指着我先前做好的柠檬汁问。

“那个水壶？”

“水罐。美国人叫水罐，不叫水壶。”

我把水壶（水罐）推过去。我的脑瓜里的液体砰砰地晃动着，耳朵里满是这种声音。“你以前结过婚？”

“只是一张纸嘛。这里许多人都是这样的。这是一门生意。你付钱给一个女人，你们两个就是纸面上的夫妻了，但有时也会出错儿，或者是她不肯离婚了，或者是她想勒索你。”

我把一叠打折优惠券拉过来，然后对折撕开，一张接一张地撕着。“奥福德尔，你本该早些把这事儿告诉我的。”

他耸耸肩。“我当时是打算要告诉你的。”

“我们结婚前我有权知道这件事。”我慢慢地倒在他对面的椅子上，好像我不这样椅子就会裂开似的。

“这有什么区别吗？你叔叔和婶婶决定的事儿。难道你想对你父母去世后就一直在照顾你的人说不？”

我默默地看着他，手里的优惠券越撕越碎，印有洗涤剂、餐盒和纸巾图片的碎屑掉落在地板上。

“再说，回老家时，什么事情都是乱哄哄的，你还能怎么样？”他问，“街上有硕士学位的人还不都在游荡，没有工作？”他的声音平板单调。

“你为什么要和我结婚？”我问。

“我想要一个尼日利亚妻子，我母亲说你是个好女孩，很文静的。她说你甚至可能是个处女呢。”他微笑着。他微笑的时候显得更疲倦了。“我也许得告诉她，她其实弄错了。”

我把更多的优惠券扔到了地板上，我的两手紧握在一起，指甲抠进了皮肤里。

“我看到你的照片时非常高兴，”他说着咂

巴一下嘴唇，“你的肤色很浅。我一直希望我的孩子会有浅一些的肤色。浅肤色黑人在美国很吃香。”

我看着他继续吃脆皮鸡，我注意到他没等嘴里嚼完就去喝水了。

那天晚上，趁他淋浴的时候，我把那些不是他给我买的衣服（只有两件绣花长袍和一件系带长袖衣服，都是阿巴婶婶淘汰不要的），塞进我在尼日利亚买的塑料箱子，走到尼娅那儿去了。

尼娅给我沏了茶，里面加了牛奶和糖，跟我一起坐在那张配有三个凳子的圆形餐桌旁。

“我家里没人可以商量这事儿。”我说，一边凝视着墙上那个木制面具的梨形脸庞。面具上空洞的眼睛也对着我。

“你婶婶怎么样？”尼娅问。

我摇摇头。你离开了你的丈夫？阿巴婶婶会惊怪地说。你疯了吗？你怎么能把珍珠鸡蛋给丢了呢？你知道有多少女人宁愿丢了两只眼睛也想嫁一个美国医生吗？还有什么样的丈夫能比得上这个？而伊柯叔叔会责骂我忘恩负义，骂我愚蠢，他的拳头和脸都绷得紧紧的，然后就摔电话。

“他本该把结过婚的事情告诉你，可是，奇娜扎，这毕竟不是真正的婚姻，”尼娅说，“我看到有本书上说，我们不是坠入爱河，而是向爱情攀登。也许，如果你给他点时间——”

“这不是一回事。”

“我知道，”尼娅叹了口气，“在这儿你他妈的应该乐观些。你在家里时谈过恋爱吗？”

“有过一次，可他太年轻，再说也没钱。”

“他妈的太糟了。”

我晃着杯里并不需要晃动的茶水。“我不知道我丈夫为什么非要在尼日利亚找老婆。”

“你从来没叫过他的名字，你从来不叫他戴夫。是由于习俗上的原因？”

“不是。”我低头看着桌上防水纤维做的茶杯垫。我想说这是因为我不知道他的名字，因为我不认识他。

“你见过他以前结婚的那个女人吗？你认识他的女朋友吗？”我问。

尼娅目光转了开去。这种转过脑袋的戏剧性动作已经表明了某种意思，想要说出来的意思，有许多意思。一阵沉默笼罩在我们两人之间。

“尼娅？”我出声发问。

“我和他干过，差不多是两年前，他刚搬来时，我和他干过，不过一个星期后就结束了。我们从来没有约会过。我也从来没见过他跟别人约会。”

“噢。”我说着，啜了一口加奶和糖的茶水。

“我必须对你坦诚相待，把一切都和盘托出。”

“这就好。”我说着站起来，向窗外望去。窗外的世界似乎已僵化成一片死寂的白色。人行道上的积雪足有一个六岁孩子那么高了。

“你可以等到自己拿到绿卡后再离开，”尼娅说，“趁他妈的还跟他厮混在一起的时候，你可以申请保险金，以后你可以自己找份工作，另找个住处，自己养活自己，一切从头来过。看在上帝的分上，这就是操他妈的美国。”

尼娅走过来和我一起站在窗前。她说得没错，我还不能离开。第二天晚上，我穿过走廊回到他那儿。我按了门铃，他开了门，站在一边，让我进去。